BAILEY

Harry Bliss

SCHOLASTIC INC.

A MI HEROÍNA, INGRID NEWKIRK

Originally published in English as *Bailey*

Translated by Juan Pablo Lombana

ISBN 978-0-545-45700-2

12 11 10 9 8 7 6 5 4   15 16 17/0

Printed in the U.S.A.   40
First Spanish printing, September 2012

The display type was set in Clarendon Bold.
The text type was set in 24-point Clarendon Light.
Book design by David Saylor and Charles Kreloff

El pájaro del jardín despierta a Bailey.
Es hora de comenzar el día y alistarse para la escuela.

Bailey se asea y se alisa el pelo.

Peinarse bien es muy importante.

Una vez limpio, decide qué ponerse.

A Bailey le gusta estar a la moda.

Bailey se pone su mochila y camina hacia la parada del autobús.

¡Pero por poco pierde el autobús!

Bailey tiene ganas de llegar a la escuela.

Algunos de los otros estudiantes no tienen ganas.

Al bajarse del autobús, Bailey oye la campana.

Llega a la entrada justo a tiempo.
El director está saludando a los estudiantes.

Antes de que comiencen las clases,
Bailey pone sus cosas en su casillero.

Hoy es el cumpleaños de la Sra. Smith.

Bailey espera que la maestra no le pida la tarea.

Pero ella se la pide.

Muy pronto, a Bailey le da dolor de estómago y tiene que ir a la enfermería.

Después comienza matemáticas,
que es una de sus materias preferidas.

El almuerzo es otra de las materias preferidas de Bailey.

Luego tiene clase de arte con el Sr. DeCosta.

Bailey es muy útil cuando hay que cavar.

A Bailey también le gusta cantar en la clase de música.

¡AUUUAUUU!

Y cuando Bailey baila, su rabo no para de moverse.

La escuela termina con la hora de lectura.

Algunos libros lo hacen reír.

Otros libros le dan hambre.

Hay un libro que le da picazón.

Y hay otro que le da sueño.

Mucho sueño.

Se acabó la escuela y es hora de volver a casa.
Pero mañana Bailey tendrá otro día fabuloso.